ちいさな水たまり

藤田恭子
Kyoko Fujita

文芸社

はじめに

地球は天の川銀河系でも隅のほうに位置する太陽系の一惑星
宇宙誕生から九一億年後に生まれた　宇宙空間から見れば小さな星

その地球上に
　私たち＝ヒト＝ホモ・サピエンスは　二〇万年前　現れた

私たちは誕生から様々なことに出会い　やがて老いて一生を終える
空で輝く星たちも
宇宙という空間で生まれ　様々な変化に出会い　一生を終える
質量の大きい星ほど寿命は短い

質量の大きい星は　一生を　終えるとき
赤色巨星となり超新星爆発を起こす
超新星爆発により

宇宙にばらまかれた星のかけらは
新しい星の成分になる

人は　懸命に地球上で生きている
恒星たちも　人から見れば気の遠くなるような長さで
ダイナミックに動いている。

宇宙も人も住む世界の流れは同じ
その長さが違うだけ
地球上の生命体で考えれば　私たちの一生も短くはない
四三億年前の誕生以来　生き続けている
地球上で生命体がつくる社会とその進化は
宇宙で星々がつくる社会とその進化の縮小版

ちいさな水たまり　目次

はじめに

宇宙の章 …… 15

宇宙誕生　16
水素元素の誕生　17
ヘリウム元素の誕生　19
核融合反応の終わり　20
原子誕生　21
ファーストスター誕生　23
超新星爆発　25
恒星の一生　27
銀河の種　28
太陽系の誕生　30

太陽系の惑星たち　31
✤休憩✤

地球の章……35

地球　36
僕さ　地球　38
生命体の誕生　39
全海洋蒸発　40
全球凍結　火山活動　42
地殻変動　緑の出現　45
最高の温暖化　低酸素　48
恐竜出現から　氷河期へ　49
地球温暖化　50

ホモ・サピエンスの章……53
ホモ・サピエンスの出現
人類の出現　54
新人＝ホモ・サピエンス私たちの登場　55
大氷河期　59
日本列島へ
日本列島　目指して　61
氷河期どん底　62
縄文と呼ばれる時代へ
温暖化　65
縄文土器の誕生　67
定住　68
✤休憩✤

寒冷化　またまた寒さがやってきた　72

弥生と呼ばれる時代へ

水稲稲作と青銅器　76
津軽（東日流）地方　77
弥生時代前半　78
弥生時代の温暖期　80

格差社会への道

格差社会への道　82
そして　またまた寒冷化　83
✤休憩✤
文字社会へ　90
✤もう一度　休憩✤

ホモ・サピエンス　それは人
骨　95
脳　97

「それは人」の章 …… 101
だれに教えられるわけでもなく
Ⅰ　育つ
立ち　そして歩き始める　102
夜のチャイルドシート　104
Ⅱ　やきもち
やきもち　106
ママの手　107

Ⅲ　いたずら

前進　108
すべりだい　110
水たまり　111
泥まんじゅう　112
火焔雪器　113
さようなら　ボール　114
海　115

Ⅳ　冒険

泳ぐ　117
満員電車　117
お化けの家　119
僕一番　121
仲間だよ　123

Ⅴ　時々寂しく悲しいね
ひとりぼっちは寂しいね　124
ママ　早く帰ってきて　125
飛んでいった風船　126
肩の力　抜いてみませんか
カメラ　128
スピード　130
視点　131
蛍光灯のシャンデリア　132
白神山地　134
松から桜へラブレター　136
白い葉うらが　そよぐとき　137
人は生きる　出会いと別れくり返し
待つ　139

希望　141
あした天気になぁれ　142
凪　144
だんらん　145
あこがれ　147
水車　150
廃校　151
祭り　152
ピンポン王子　153
古都音ちゃん　155
消しゴム　157
岬の村　159
揺れ　161

最終章

ホモ・サピエンスへ　地球からのメッセージ……163
分身　月　164
地上に住む　ホモ・サピエンスへ　165
日本列島の　ホモ・サピエンスへ　167
寂しさ・はかなさ・希望
流れる音色につつまれて　169
(一)『ヤマトタケル』
(二)『青葉の笛』
(三)　祇園祭
思い出のひとしずく　174
大屋根と少年　176
希望　凧にのせて　178
マイナス六度　181

「ちいさな水たまり」あとがき　作詞家　西村達郎　183

宇宙の章

宇宙誕生　いつ　何処で　どうやって？
だれも知らない
こんなこと考えるのは　ヒトだけか

宇宙誕生

西暦二〇一二年から　数えて一三七億年前
　宇宙誕生　0秒〜10^{-36}秒後まで

小さな　原子よりも小さな一点
何らかの　エネルギーが詰まった一点
　宇宙誕生　0秒
ある時　突然　その一点が
10^{43}倍の大きさに　急膨張　(インフレーション)
即ブレーキがかかり
10^{-36}秒後　急膨張が終わり
物質（素粒子）と光が生まれた
かかったブレーキに対抗しながら宇宙は膨らむ
膨張にブレーキがかかれば

宇宙は高温・灼熱状態に
一兆度以上
素粒子たちが　空間を飛ぶ
素粒子たちが　ばらばらに　飛びかう灼熱の世界
「火の玉宇宙」
誕生まもない宇宙の姿
〈宇宙誕生10^{-36}秒後の宇宙の大きさ　一cm程度〉

水素元素の誕生

宇宙誕生の一万分の一秒（10^{-4}秒）後
宇宙は緩やかに　膨張
温度が一兆度に低下

ばらばらに飛びかっていた素粒子どうし
※強い力で　結びつく
「陽子」と「中性子」が誕生
陽子は水素の原子核
水素元素の誕生になる

※素粒子どうしを結びつける強い力って何？
今話題の　ダークマター？

〈宇宙の大きさ〇・〇一光年程度　現在の一兆分の一程度〉

ヘリウム元素の誕生

宇宙誕生三分後

宇宙誕生三分後
温度は　一〇億度まで低下
原子核（陽子や中性子を含む）どうしが衝突・融合しはじめる
「核融合反応」の始まり
水素以外の元素
ヘリウムとごくわずかなリチウムが誕生

〈宇宙の大きさ一〇光年程度　現在の一〇億分の一〉

核融合反応の終わり

火の玉宇宙出現から二〇分後

宇宙の膨張は　続く　宇宙の温度は下がっていく
温度が下がると　原子核は反発しあい　くっつかない
核融合反応は　終わり
宇宙を飛びかう元素は
　水素　ヘリウム　リチウムくらい

と言っても　まだまだ宇宙は高温
原子核と電子は　ばらばらに空間を飛びかう
光は　飛びかう電子に邪魔されて　直進できない
霧がかかったような状態が続く

原子誕生

宇宙誕生から三八万年後

宇宙は膨張し続け
温度は　三〇〇〇度まで低下
電子や原子核の飛びかう速度が　遅くなる
電子は負の電気・原子核は正の電気を帯びる
電子は原子核につかまって　その周りを回る
「原子」の誕生

そして　光が直進できるようになって
宇宙は　透明になった
「宇宙の晴れ上がり」という

〈宇宙の大きさは一〇〇〇万光年程度：現在の一〇〇〇分の一程度〉

まだまだ宇宙は　まっ暗闇
ほとんどが　水素とヘリウムのガスがただよう世界
「暗黒の時代」
三億年後ごろまで続く
でも　この時代こそ　恒星や銀河を生みだす準備期間
その原動力は　重力

重力って何？　それは万有引力のこと
文字通り万物（あらゆる物）が有する引力

天文学的時間をかけてガスの濃淡（密度）が重力を生み
ガスが濃い部分は重力を高め
さらにガスを集めて　また重力を増す

ファーストスター誕生

宇宙誕生三億年後ごろ
〈宇宙の大きさは　現在の一五分の一程度〉

ガスの濃い部分から
星の種『原始星』誕生
それは　宇宙にできた　初めての「天体」

星の種はさらにガスを集めて
一〇〇〇年～一万年かけて
巨大な恒星に成長する

ファーストスター「第一世代の恒星」の誕生
とっても大きくて
重さは　太陽の数十倍から数百倍

表面温度も一〇万度
明るさは太陽の一〇万倍から一〇〇万倍
その中で　核融合反応が起きる

恒星の中心部
そこは核融合反応の場
　元素製造工場
軽い元素の原子核が〝燃えつきる〟と
より重い元素の原子核が燃料になり
さらに重い元素をつくる

水素から　ヘリウム　ヘリウムから　炭素へ
　より重い元素をつくっていく
星たちは
　核融合反応で発生するエネルギーで
みずから青白く輝く

その中心部に鉄（原子番号26）ができると
核融合反応は終わる

ガスの濃い部分から星が誕生するのだけれど
ガスだけでそんなに重力増すのかな
　未知の物質　ダークマターなどの力あるのかな??

恒星とは　みずから輝く天体のこと
太陽も恒星の仲間

超新星爆発

ファーストスター　たちは
誕生から三〇〇万年　大きく膨れ上がり

大爆発「超新星爆発」を起こし一生を終える

この爆発は
元素を宇宙空間に　まきちらす

大爆発の凄まじいエネルギーは
さらなる核融合反応を誘発
鉄より重い元素をつくる
エネルギーが大きいほど　重い元素ができる

この元素を元に　次の恒星が生まれる

　この大爆発のとき　爆発の中心に「ブラックホール」が残される

恒星の一生

恒星は
おもに水素をヘリウムに変える核融合反応によりエネルギーを得て　輝く

その質量に応じた期間　安定して輝き続け
質量に応じて寿命がきて　一生を終わる

恒星の質量とその終焉
　太陽の〇・〇八倍から八倍程度
　　赤色巨星となり一〇〇億年程度で白色矮星に
太陽の八倍から二〇倍
　　赤色巨星となり一〇〇〇万年程度で超新星爆発
太陽の二〇倍以上
　　三〇〇万年くらいで超新星爆発

この超新星爆発は恒星の持つ元素を宇宙にばらまく
これら元素が
　宇宙の構成要素
　恒星含む小天体の　構成要素
　ヒトを含め生命体の構成要素

　褐色矮星
　　太陽質量の〇・〇八倍以下の星
　　質量が小さすぎて天体になれなかった星

銀河の種

　　宇宙誕生五億年後

宇宙　五億歳

恒星たちが集まって〝銀河の種〟が生まれる
〝銀河の種〟たちは　衝突・合体をくり返し
何億年　何十億年かけて　銀河へと成長していく

銀河とは　恒星たちの大集団
　銀河の集団　銀河群
　もっと大きな集団　銀河団　数千個の銀河が集まっていることも
　その銀河は　独特の分布をし
　「宇宙の大規模構造」と呼ばれている

成長した銀河もまた
衝突・合体をくり返している
約一〇〇〇億個の恒星をもつ「天の川銀河」も
数ある銀河の一つ

その天の川銀河のはずれに生まれた　一つの恒星
その名は太陽

太陽系の誕生

宇宙誕生　九一億年後

宇宙九一億歳
西暦二〇一二年から　四六億年前
天の川銀河のはずれ
周りにガスとちりの円盤を持つ恒星　太陽が誕生

円盤のガスやちりは衝突・合体をし　微惑星になる
微惑星もまた　衝突・合体をくり返し大きくなり　惑星に
惑星は
母なる恒星太陽との重力関係で　その周りを回る

太陽系の誕生

〈太陽系誕生のころの宇宙の大きさ　現在の七〇%程度〉

太陽系の惑星たち

太陽誕生とほぼ同じ時期に誕生か

太陽に近い側には　軽い「岩石惑星」（水星　金星　地球　火星）
火星より遠くには　重い「巨大ガス惑星」（木星　土星）
さらに遠くには「巨大氷惑星」（天王星　海王星）が
太陽の周りを公転している
ほぼ同じ平面上を　円に近い楕円軌道を　描きながら

もちろん衛星　小惑星　彗星など

小さなたくさんの天体が
太陽の周りを公転している

✤休憩✤

太陽系の果ては？　はてな？
長い周期をもつ彗星は　数万天文単位の先からやってくる
そこはオールトの雲と呼ばれるところ
太陽を球殻状にとりまく　小天体の集まり
小天体の数は　五兆から六兆個　主な成分は「氷」
小天体は　太陽の重力に引き寄せられ　地球の近くをかすめる
これが「彗星」

　　天文単位って　なぁに

主に太陽系内の天体の距離を表す単位
一天文単位は　太陽から地球までの距離　約一億五〇〇〇万km

✤休憩　おしまい✤

次は　地球です

地球の章

地球の歴史と　生命体

地球

天の川銀河の端っこに生まれた太陽系の惑星の一つ
太陽から離れること平均一億四九六〇万㎞に在る岩石惑星
楕円軌道を描き　約三六五・二五日かけて太陽を一周する
人は公転と呼ぶ
その公転面に対し二三・二六度傾き　二四時間で一回転
人は自転と呼ぶ
その自転軸の傾きが　太陽の「南中高度」を変化させ
季節の変化を生みだしている

半径は　約六四〇〇㎞
地殻・マントル・地核の三層から成る
地殻は　地球の最外層　大陸域と海洋域
　大陸域は岩石

海洋域は　水深三七九五mの海洋を持ち　地球表面の七割を覆う

地殻の下は　モホロヴィチッチ不連続面を境に：マントル層
　地球全体積の八二％を占める
　温度は下部で五〇〇〇℃　ここの最深部は二九〇〇km

マントルの下は地球の中心部　金属の核：地核
二層になった　高熱・高圧の部分
「外核」は液体（地下二九〇〇km～五一〇〇km）
「内核」は固体（地下五一〇〇km～中心＝地下六四〇〇km）
外核の液体は　対流で運動し　電流が発生
この電流が「電磁石」のように働き　大規模な「地磁気」を生む
地球全体は巨大な棒磁石になり
地球に磁場を形成
太陽からの危険な光線を遮っている

僕さ　地球

僕さ　地球
天の川銀河の端っこに生まれた太陽系の惑星の一つ
四六億年前
太陽の周りの　ガスやちりから生まれ出た
まだまだ小さな　岩石惑星
小さくても
恒星や銀河のように
たくさんの星と衝突・合体をくり返し　大きくなり
いつしか　僕は　大気に包まれ
ちいさな水たまりたちは　海になった

生命体の誕生

四三億年前
僕の海に
宇宙から飛んできた星のかけらが
住み始め　生命を持った
彼らは　まだまだ小さな微生物群

僕には　いろいろな試練が降り注ぐ
地球の試練は　生命体の試練

全海洋蒸発

四〇億年前　始生代

四〇億年前　やってきたのは『全海洋蒸発』

重力の大きくなった僕に
巨大な隕石が　いくつもいくつもおそってくる
ある時
本州より大きな隕石が　ものすごいスピードで　衝突
巨大な衝突エネルギーに　岩も石も燃え上がる
燃えて蒸気になる（岩石蒸気）
岩石蒸気は　海も陸も覆い
僕は沸騰状態　海は薄い水たまり

でも岩石蒸気は　地下深くは伝わらない

あの小さな微生物たちは
数千mの地下　岩の隙間・割れ目で生き抜いた
一〇〇〇年後　水蒸気は　雨になって降り始め
毎日毎日　雨が降り
僕はちょうどいいように冷え
昔の海が戻ってきた

大陸部は　荒涼
海は　にぎやか
種々の微生物がいっぱい
中でも目立つのは
　光合成をする微生物　光合成君
　光合成君の出す酸素を吸って生きる微生物　酸素吸入君
　メタンガスを出すメタン君

隕石も来るし　火山も噴火するけれど
大きな損害もなく
微生物たち　仲良く共存

全球凍結　火山活動

六億年前　原生代晩期

豊かな海に　太陽の光
光合成君が増える
できた酸素を吸う　酸素吸入君も増える
メタン君は　メタンガスを出して僕を温めてくれる

でも酸素が増えて　メタンと結合
メタンがいつしか減っていき
地殻は　冷えていく

そして
六億年前　今度は『全球凍結』
僕は氷の球

たとえ　表面は凍っても
僕の地殻下　マントル層は熱い
火山活動は続く　絶え間なく

ところどころに小さな温泉がわき
そこで微生物たちは生き残った
そして
ここ温泉の中で微生物たちは大きくなっていった
緑色の光合成君も
酸素吸入君も

火山から　噴き出す二酸化炭素は
やがて
マイナス五〇℃の地殻を五℃に上昇
氷が解ける
大量の水蒸気が発生

大量の水蒸気は　激しい暴風雨となり
海の底までひっかきまわす
光合成君が増殖　大量の酸素を発生
酸素吸入君も増える
酸素を吸って　大きくなっていく
或るものは
大量のコラーゲンをつくり
脊椎や眼の原型を持ってくる
地球上のある生命体たちは　三五億年かけて

大きな体を手に入れた

地殻変動　緑の出現

四億五〇〇〇万年～三億六〇〇〇万年前　古生代　シルル紀

まだまだ　大陸は殺風景
海は　サンゴ礁が続き　新宿よりもにぎやか
いろんな生命体がいる
餌を求め　棲み処を求め　彼らは激しい生存競争に陥っていた

この生存競争の激しい海の中で生き残るには
力強い泳ぎが必要
生存競争に　負けそうなものは海を去るか滅びるか
生存競争に負けそうな　おとなしくて　泳ぎ下手

脊椎を持った魚がいる
大型の魚が入れないような浅瀬や水際に
息をひそめて棲んでいた
泥の中の食べ物を　吸いこんで食べながら
昇る朝日に　目をすぼめ
青い空　白い雲をひっそり眺め
沈む夕日に　涙ぐみながら
息をひそめて棲んでいた
いつしか
手が足ができ始める
浅瀬や水際を　動くために

僕の表面も変化しつづける
大きな地殻変動が起き
陸と陸は衝突
衝突現場は　四〇〇〇万年にわたり隆起を続け山脈を造る

カレドニア山脈　アンデス山脈等々
山脈は雨を降らせ　川ができる
苔・シダ　背の低い植物が生え始め
荒涼とした大地に　緑が出現

山があり　水が流れ　緑の草や木がある
淡水世界の誕生

海の浅瀬で息をひそめていた魚たちは
淡水世界へ進出
雨季・乾季　気候変動は激しく
長い乾季は　酸欠になる
陸も大変な世界だが　食べられるより　はるかにいい
環境に応じて　変わればいい
酸欠には　肺を進化

最高の温暖化　低酸素

三億年前　古生代　ペルム紀〜三畳紀

地殻変動は続く
海溝からマントルへ岩石が落ち込む
マントルから
巨大な柱（径一〇〇〇km）が一気に噴出
二酸化炭素の大量増加
メタンハイドレートも大量に溶解

過去六億年で最高の温暖化が来た
三〇%あった大気中の酸素は　一〇%に激減
異常な高温・酸素不足に　九五%の生物が滅亡
全くの偶然で　低酸素の中に生き残った　ある生命体

低酸素環境の中
体を小さくして　変化していく
肋骨が胸のみとなり横隔膜を持ち　呼吸効率を改善
胎生への進化と　胎生能の獲得
低酸素環境は続く　　（古生代　ジュラ紀まで）

恐竜出現から　氷河期へ

一億六〇〇〇万年前　中生代　ジュラ紀後半〜白亜紀

低酸素環境が　徐々に改善する中
巨大な爬虫類：恐竜出現
気候は　氷河期に向かう
氷河期の寒さと隕石の衝突か

六五〇〇万年前　恐竜は絶滅した　　　　（新生代　暁新世のころ）

地球温暖化

五五〇〇万年前　新生代　暁新世後半〜始新世

再び温暖化
地殻下からマグマが噴出し　大陸を引き裂く
メタンハイドレートが高温のマグマに触れて　激しく爆発
海面にはメタンガスの火柱
僕の気温　一〇〜二〇℃上昇
氷河が解けて　大陸がはなれる
そして　五〇〇万年以上　温暖化は続く
陸は　豊かな緑

南極大陸には森が広がり
広葉樹は巨大化し
枝を横に張り出し樹間の世界をつくる
樹から樹へ樹間の生活をする生命体が　出現
目が正面に並び　立体視ができ
ものを握り　木の実を採って食べる　手をもって

ホモ・サピエンスの章

地球は
　四六億年前　誕生から
いろんな目に遭った
巨大隕石の衝突　全海洋蒸発（四〇億年前）
全球凍結（六億年前）
大陸移動　火山の噴火
三億年前は　異常な低酸素環境
でも　種々の生命体が生存し続けている

ホモ・サピエンスの出現

人類の出現

七〇〇万年前
大陸の衝突でできたヒマラヤ山脈は五〇〇〇m級の山になり
地球の気候はまたまた変化
熱帯雨林の減少　サバンナの形成

アフリカに
二足歩行をする　生命体ヒトが出現

地球規模の　寒冷化　温暖化　乾燥化など
気候変動にさらされながら
生きるために　食べるために戦い続けながら

数十種類の人類が　出現し　消えた

新人＝ホモ・サピエンス私たちの登場

三〇万年前　ヨーロッパに
ネアンデルタール人出現　脳の大きさ一四〇〇㎖

二〇万年前　アフリカで
ホモ・サピエンスが出現　脳の大きさ一四〇〇㎖
ヨーロッパでは両種は　共存していた

地球ではまだまだ　大きな　気候変動が続く
寒冷化・温暖化・乾燥化等々
その中
　私たち　ホモ・サピエンスは
　十数万年かけて　高い技術を身につけていく

頭で設計図をえがいて　道具を作るようにもなる

確実に食べ物を手に入れるには
どうすればいいいか

自分たちで　狩りをすればいい
狩りが始まり　狩りのための道具を作る
効率のよい狩りの仕方は？
獲物はどの方向にいる？　獲物の特性は？
よりよい道具は？

目的に応じた　道具
目的に応じた　材料
　石　木々　土　動物の骨・皮　貝等々
工夫を重ねる

獲れたものを　どう処理し　どう蓄える
知恵を絞り　話し合う

生きるために　快適な生活のために
より多くの食べ物を得るために
独自の道具を作る
そして　それらを
他の人に　子どもたちに　伝え教えていくために
言葉を発達させた

五万年前
　機能とは関係ない　物を作り始めた
　道具に彫り物をし　ビーズなどで飾り付けをする
　彫像を作り　洞窟に絵を描く

機能以上の意味を物に表現し
喜びや誇りなどを感じるようになる

そう
獲物を獲るため　自分をアピールするため
より機能的に　より美しい
見事な道具を作りだす
それは　見る人に驚きと　感嘆を与える
それが　作った人の　喜びになる
人に違いが　できてくるが
まだまだ暮らしは　平等

自然の変化　生命体の生死への畏敬から
墓を作り
神・迷信の感情も　芽生える

大氷河期

四万年前

四万年前　大氷河期がやってきた
そのピーク　どん底は三万年～二万年前
ネアンデルタール人は　三万年前滅び
ホモ・サピエンスは　生き残った

その差は　話す能力の差
頭蓋骨のわずかな違いから
ネアンデルタール人は言葉の操りが悪かった

宇宙も　地球も変動している
地球上に住む生命体は　もちろんヒトも
その変動の真っただ中にいる

私たちホモ・サピエンスは
環境の変動に対応する
生き方　社会の形を変化させ
コツコツ歩み続けていく

日本列島へ

日本列島　目指して

大氷河期
海が凍り　大陸と列島がつながると
ホモ・サピエンスが　やってきた

まだ見たことのない
海の向こう　川の向こう　高い山の向こう　地平線の向こうに
何があるのか　見に行きたい
未知の世界への探求心と憧れと
目先の欲望　寒い時期の食べ物を求めて
ホモ・サピエンスは　やってきた

列島には　最高の食料　大型の草食動物がいた
　ゾウ　オオツノジカ　ヤギュウなど

氷河期どん底

三万年～二万年前
後期旧石器時代後半の約二万年前まで

氷河期はどん底
大きな寒暖の差が　一〇年も満たない期間でやってくる
寒さをしのぐ　工夫を凝らす
食べるため　生きるための工夫を凝らす
移動と定住をくり返しながら
動植物の習性を身に付けていく
狩り・漁労・植物採集
食べ物を捕り　調理する道具

貯蔵する知恵　貯蔵法の工夫
考え　話し合いながら　暮らしをたてる

寒さはどんどんひどくなる
火山が火を噴き　火山灰に覆われても
落ち込みはしない

寒さに耐える衣服
物を運び・保存する袋
編む技術が　進む

寝起きする住まいの工夫
魚や獣の油は　火だねに
骨角製の　鏃や釣り針をつくる

そんなときも　忘れない

機能の追求と　美しさの追求を
物をつくる技術も　より複雑になっていく

加工しやすく　用途が大きい
天然ガラスのように割れ口の鋭い石
限られた地域の黒曜石やサヌカイト（讃岐岩）をもとめ
山を越え　海を渡る

このころ米づくりに　挑戦もしたが
大きな寒暖の波に負け　成功しなかった

料金受取人払郵便

新宿局承認

6418

差出有効期間
2020・2・28
まで

(切手不要)

郵便はがき

1 6 0 - 8 7 9 1

141

東京都新宿区新宿1－10－1

(株)文芸社

愛読者カード係 行

お名前《ふりがな》			明治 大正 昭和 平成 年生 歳	
ご住所《ふりがな》	□□□-□□□□			性別 男・女
お電話番号	(書籍ご注文の際に必要です)	ご職業		
E-mail				
ご購読雑誌(複数可)		ご購読新聞 新聞		

最近読んでおもしろかった本や今後、とりあげてほしいテーマをお教えください。

ご自分の研究成果や経験、お考え等を出版してみたいというお気持ちはありますか。

ある　　ない　　内容・テーマ(　　　　　　　　　　　　　　　　)

現在完成した作品をお持ちですか。

ある　　ない　　ジャンル・原稿量(　　　　　　　　　　　　　　　　)

書　名				
お買上 書　店	都道 府県	市区 郡	書店名	書店
			ご購入日	年　月　日

本書をどこでお知りになりましたか?
1.書店店頭　2.知人にすすめられて　3.インターネット(サイト名　　　　)
4.DMハガキ　5.広告、記事を見て(新聞、雑誌名　　　　)

上の質問に関連して、ご購入の決め手となったのは?
1.タイトル　2.著者　3.内容　4.カバーデザイン　5.帯
その他ご自由にお書きください。
(　　　　)

本書についてのご意見、ご感想をお聞かせください。
①内容について

②カバー、タイトル、帯について

縄文と呼ばれる時代へ

温暖化

約二万年〜約六〇〇〇年前
後期旧石器時代後半〜縄文時代前期
（旧石器時代から縄文時代への移行期）

どん底の寒さが　一万年かけて暖かくなる
列島は細長い　南北三〇〇〇km
列島各地　個性的に気候に合わせた
生業が起きてくる

寒い北　大型魚狙い　離れ銛漁
三陸沖は　魚がいっぱい

釣り針漁　ねらう魚に合わせ　多種多様
竿　釣り糸　浮き　網　錘等々も　多種多様
材質は違うが　今に引けを取らない
鹿島灘　東京湾　貝加工　網魚捕りには錘
干し貝は　交易品
北陸のイルカ漁　油は火だね

植物栽培も盛ん
クリの栽培は　本格的
木の実のアク抜き　方法　任せてください

そう　ヒトは
自然の中から次々と食材を見つける
植物はもちろん
三〇〇種以上の貝類　七〇種以上の魚・獣類
鳥だって三五種以上

そして
各地　産物をもって　交易をする
朝鮮半島との交流もあり
交易用に　保存に　持ち運びに　袋を活用

樹皮や繊維を編んで　縄　紐　袋　布　衣服をつくる
幾種類もの編み方を工夫する

縄文土器の誕生

一万三〇〇〇年以上前
火を加えても燃えない　土の器をつくった
煮炊きができ　保存ができる　入れ物
化学変化を利用してヒトが　つくりだした道具

一万一〇〇〇年前
形も模様も　しっかりした土の器が　お目見え
編まれた縄によってつけられた　縄目模様
多様性に富んだ　華やかな　縄目模様
形も　どんどん豪華になっていく
「縄文土器」の誕生

東日本中心に栄えた　この土器の
華やかな　形・縄による模様は
何を伝えて　いるのだろうか

定住

暖かくなってくると　植物がよく育つ

定住という新しい形の暮らしが始まる
同じ高さに　輪になって
真ん中に墓地をおき　丸い集落をつくる（環状集落）
環状に石を並べる（環状列石）

昇る朝日　動く太陽　沈む夕日の移り変わりを眺め
夜は　満天の星を　月の満ち・欠けを眺め
時と　季節を知る

雲の流れを読み天候を知る
日時計状の石組みをつくり
太陽の影から　時間・季節を読みとる

冬至の日の出・夏至の日没を結んだ線上に
環状列石　日時計をおき

太陽への感謝をこめた　祭礼をする

✤休憩✤

食料が　満たされる時代
ヒトが　求めるもの
今も昔も　豊かな暮らし
より良いもの　ないものを求め
物と物を交換する
海のはるか向こうとも　そして向こうからも
危険を冒しても　求め合う
舟の技術　航海の技術は　発達する

土器　食材　油　貝　石　珠類　細工物　等々
機能性の良いもの　より美しいものを求め　交易は広がる

土器などの道具製作　石細工　貝細工　珠製品などの飾り物
つくる技術の伝承も

華やかな縄文土器　フィギュア　石細工　貝細工等々
つくる人　持つ人の　誇り　喜び　メッセージが込められている
祈りの心が込められている

人々は　コミュニケーションをとる
言葉と同じように　物を使って
自分を飾ったり　プレゼントしたり
友情のしるしに同じ物を持ったり
それは　心を　満たしてくれる
言葉と　同じくらい
いいえ　言葉以上に　大切なものも
満たされたい心は　生きる活路を開く基

生きる活路を開いてくれる物で　心は満たされる

✤休憩　おしまい✤

しかし　華やかな　縄文の時代が　続こうが　続くまいが
宇宙は　地球は　知ったことじゃない

寒冷化　またまた寒さがやってきた

約六〇〇〇年～約二七〇〇年前
縄文時代前期～晩期

厳しい寒冷気候は　守りの知識　技術ではなく
ヒトに　生きるための創造性　独創性を求める
そして　それは

ヒトが本来持つ競争心などと　複雑に絡み合っていく

またまた　寒さがやってきた
暖かな環境で　豊かな自然に恵まれ
獲得　加工　貯蔵の技術を駆使し
美しい伝統や知識や心　高度な技術を
受け継いできた縄文の人々に
寒冷化が　襲ってきた

寒冷化は　地球規模で動植物資源を変化させる
東北は　食物資源が減っていく
暑くて住みにくかった　西日本が　住みやすくなる

さあ　うまく生き残るための行動をしなければならない
ヒトの移動が　活発になる

環状集落は消え
環状列石や　様々な形の土偶などに
超自然への祈りが込められる

土器は　華やかさよりは　機能性を持つように

沖縄は　装飾品を量産し始める

航海の技は　ますます進歩　周辺地域との交流が　活発になる
北部九州～日本海側は　中国大陸　朝鮮半島と
沖縄地方は　南太平洋の国々と
北は　サハリンや　沿海州と

地域差はあるが　朝鮮半島や中国大陸の
考え方　社会の仕組みが　組み込まれてくる

（附）
寒冷環境のピークは　紀元前八世紀ごろ
その後は　再び温暖化
〔温暖のピークは　紀元前三～一世紀（弥生前～中期）〕

弥生と呼ばれる時代へ

水稲稲作と青銅器

七〇〇〇年前中国長江流域で発祥した　水稲稲作が
二五〇〇〜二四〇〇年前　日本列島へやってきた
中国大陸から朝鮮半島を経て　あるいは大陸から直接に
青銅器と呼ばれる銅製の武器（剣や鉾や戈や鐸）と農具を携えて

列島各地
土地　水争いなど　格差の原因の一つになったが
水稲稲作は　北九州から　一〇〇年もたたないうちに
西日本に行きわたり
青銅器は　武器よりも　祭祀となっていった

津軽（東日流《つがる》）地方

注目は　津軽地方
前六〜五世紀　津軽平野に　水田が営まれる
でも農具や　青銅器は　伝わっていない
稲と栽培知識だけがやってきた
そして自己流で田んぼをつくり　米をつくった
そう
覚めた目で　各地を見つめながら
水稲栽培という知識をさっさと取り入れた

弥生時代前半

約二七〇〇年前から紀元前後

弥生時代の初め　暖かくなる

広い平野が　在るところ
　大きな水田が広がり　米づくりは本格化
　米はたくさんとれ　人口は増える
　大きな環濠集落が発達
　十分な平野と米は
　格差が少なく　自律性を保った暮らしを提供する

気温の低いところ　平野の狭いところ
　耕地の開発　狩りの生活
　開発・狩りの道具が必需品

その道具は　機能とともに華やかに飾られ
つくる人と使う人　差ができる

遠距離の交易も始まる
南から北へ　北から南へ
貝や玉など　豊富に採れるものを持って

環境の変化は
暮らしや行動　物の形も変化させる
物は
生活に必要なものから
より大きく　より精巧で　より輝くものに
人目をひき　見た人の心に訴えるようになる

社会は　複雑になり
格差が　見えてくる

弥生時代の温暖期

紀元前二～一世紀ピークに　地球は暖かい
食料を求めて動き回る必要性がなくなり　定着性が強まる

種々の豪華な副葬品に彩られる墓
豪壮な土塁と堀を持つ　大環濠集落
丸く集まり　丸く住むムラ

人々の目を引き　心に訴えることを目的に
機能を　美を　追求する
石器・土器・武器の装飾
祭礼儀式
物づくりの技
何百年もの間　その地域でくり返され

受け継がれていく
　縄文の温暖な気候の時に似る
でも……

格差社会への道

格差社会への道

四〇〇〇年前　中国黄河流域で生まれた
戦いという行為・支配者が立つ社会が
水田稲作とともに
北部九州に入り込んできていた

ヒトは食べるため
石　貝に手を加えて使用してきたが
水田稲作は
　自然環境へ踏み込み
土地や水を巡る争いを起こし

武器に通じる道具を使用して
征服・管理する仕組みを生んでいった

複雑な上下関係ができ　支配者がつくりだされる

この支配者を抱く社会は　縄文のくり返しではない

そして　またまた寒冷化

紀元前一世紀〜紀元後三世紀
弥生後半から古墳時代へ

再び寒冷化　農耕生産に危機
しっかりした　丈夫な道具が必要に
鉄の道具使用が　熱烈に求められてくる

青銅器は　地中に埋められていき
高い温度と高度な技術を必要とする
鉄の道具の使用と製作が本格化
鉄が道具の主役となっていく

必要な鉄素材を入手する
交渉の窓口になった人や集団は
威信や経済力をまし　憧れや畏敬の的になり
さらに権威を増していく

そこでは　大小はあるが
墳丘を持つ墓が出現
はっきりした支配・被支配の社会ができてくる

✤休憩✤

弥生中期の紀元前後　高地性集落の出現

高いところに　登ってごらん
「わぁ　きれい　素晴らしい！」
感嘆詞がいっぱい飛び出す
声になって「わぁ〜ぁ」と叫ぶだけのことも
あの高いところからの　眺望の素晴らしさは
登ってみなけりゃわからない
なんていっても「わぁ〜〜〜あ！」の感動

ひとたび　高いところに立つと
偉くなったみたい　自由になったみたい

私たちは　見下ろす
自分が　住んでいるところ　続く道
連なる山々　川の流れ
近隣の集落
向こうには海　沖に見える島々
全部　見える　見下ろしている

上に立って見下ろす
感動だけじゃない
優越感
「上・下」の関係
　生命体が　生きるための進化により身に付けたもの
　地球上　ホモ・サピエンスの世界共通項

ともあれ　私たちの社会は
広く見渡すことが大切な方向に進んできた

そして
高い場所を様々な形で利用する
憧れや夢を　伴いながら
実際　鉄の需要が高まり　遠距離交渉が本格的になる

生活　生存に必要な『鉄』　鉄の使い道は多い
斧・手斧など伐採具　鍬・鋤・鎌などの農具
矢じりなどの狩猟具　剣や刀などの武器　等々
鉄は　農具だけでなく
武器として　使用されるように
鉄は地域社会の外側からくる　ただでは手に入らない

言葉の壁があり　時に武力も必要
交渉・受け取り・分配に代表者が出てくる

遠距離交易も　飾り物ではない
今までの　地域社会が大きく変化し始める

その頃出雲では
　古事記より
　須佐之男命は　八岐大蛇を退治し　草薙剣を得る
　大国主命は　兄たちに何度か殺されながらも　クニをつくり
　糸魚川までも　妻を貰いに行く

出雲の国
青銅器がいちばん多く出てきているところ

紀元ごろ　いち早く青銅器を埋めてしまい
四隅突出型墓をつくる

船団を組んで　日本海を渡る
　日本海側の国々へ　鳥取　北陸地方へ
また中国大陸や朝鮮半島へも
人と物が往来する
糸魚川の翡翠から　勾玉をつくり　飾り物をつくる
木製の高杯を製作したり
大きな建造物をつくったり
製鉄の技術もどんどん受け入れ　鉄器をつくる
砂鉄が豊富に採れた山陰では
製鉄技術が発達していたか

西から奈良盆地へ　日本という国が　動き始める前
出雲地方に一大勢力があった

中国史書の「倭国大乱」の記載
ある出雲の遺跡から出た　殺傷痕や矢の突き刺さった人骨
日本書紀には載らない　大国主命の話
西からの勢力に　戦うことを避けて
屈したクニがあったのではと　想像させる

✤休憩　おしまい✤

文字社会へ

ともあれ　倭国と呼ばれるクニが　動き始める
寒冷化の中
大きな墳丘を持つ　支配者が出現する
古墳時代の始まり

以後の　日本列島に生きた人々の歩みは
多少はあるが　歴史の中に文字で刻まれていく
コミュニケーション　伝達手段に　文字が組み込まれ
文字による　支配社会へ　進んでいく

しかし　やはり　ホモ・サピエンス
戦い　騙し合いの中にも　いつも
華やかに彩り　豊かにうるおいを持つ　社会をつくっていた
古墳文化　飛鳥文化　奈良文化　平安文化
古代といわれる　それぞれの時代に
個性豊かな　文化を　つくっていった

✤もう一度　休憩✤

ホモ・サピエンスの社会は無用の用に彩られている

武器として入ってきた
銅鐸　銅剣　銅矛　銅戈などと名の付く青銅器も
各地で　武器ではなく
美しい　きらびやかな　いい音を出す
大小様々な青銅器祭祀に　変わっていった

古代も　今もホモ・サピエンスの社会
同じ脳の持ち主　同じような環境の下では　同じように考え行動する
表面的には違っていても　底に流れるものは同じ

機能ばかりでなく
憧れたり　飾ったり
美を　うるおいを　豊かさを求める
生きるためだけには　無用なこと
でもこれは　無用の用
ないと　かさかさの社会

ホモ・サピエンスの脳は
生きるためだけには　無駄と思えることをする
そこに　感情　欲望が湧いてくる

ホモ・サピエンスの社会は　無用の用に彩られた社会

そう
私たちは　物をつくった
生活のために

やがて
自分をアピールするため
より機能的に　より美しい
見る人に驚きと　感嘆を与える
つくった人の　喜びになる

見事な物をつくる
それは
人と人の　小さな集団の固いつながりだったが
いつしか
社会的メッセージを伝える手段となり
支配を視覚に訴える
巨大前方後円墳の出現に　至る

✤もう一度　休憩　おしまい✤

ホモ・サピエンス　それは人

骨

骨をしっかりつなぎ合わせ　立ち上がった人類
今二一三個の骨を　つなぎ合わせて
立ち　前進する

ヒト　その骨は
身体を支える軸
リン・カルシウムの貯蔵庫

リンはまた

遺伝子・細胞の成分
エネルギーの基

骨の髄は　血を造る
酸素を運ぶ赤血球
　十分な酸素は　脳に不可欠
外敵と闘う　白血球
出血を防ぎ　血管を守る血小板

カルシウムもリンも血も
生きるための軸
骨は　ヒトの命の軸

脳

私たちの体の一番上に君臨する脳
骨に包まれ　骨で造られた血液を得て
ヒトを調節する
そこは　ヒトの心・身体活動の基本
泣いて　笑って　怒って　悲しんで　寂しがって
喋って　食べて　歩いて　記憶して　考えて　等々
ヒトの感情・行動を担う

脳の神経細胞は　八〇〇億～一〇〇〇億個
一個は　一〇〇〇以上の手を伸ばし
電気信号　化学物質で　情報交換
新しい情報を　積み重ねる
ネットワーク世界

ヒトは　脳を駆使し　未来に進む
一人一人　それぞれの希望と未来に

脳は　ヒトに指令する
自分の希望・未来へ　進むため
考えて　学べ　学んで　考えろ

脳の神経細胞は　死滅したら再生はない
ヒトも死滅すれば　再生はない
脳の神経細胞は　ヒトそのもの

そして　その大もとは宇宙の星のかけら
宇宙　そこはヒトのふるさと

情報交換の行き交う脳社会は

ヒト社会の　ミクロ盤
　脳の神経細胞のネットワーク
　似ていませんか　宇宙の大規模構造に
　宇宙の大規模構造　見てみてください

さぁ　現代人の登場です

「それは人」の章

だれに教えられるわけでもなく

Ⅰ　育つ

立ち　そして歩き始める

こんにちは　赤ちゃん
ふにゃふにゃ　抱っこもままならないのに
お腹がすくと　泣いて知らせ
ぐいぐいぐいぐい
全身の力で　飲む

お腹いっぱい
もう飲みません

さあ　眠ろう
だれに教えられることもなく
不快なときは泣いて
お腹がすけば　飲んで
眠る
くり返し

いつしか　這って前進
そして
一　二　三
立った　立った
笑顔と拍手の中に立ち上がり
思わず笑い
一緒に手をたたく

一歩　一歩　足を前に出す
右　左　右　左
だれに教えられることもなく
未来に向かって　歩み始める
しっかりした骨に支えられ　脳を駆使し
一歩　一歩　歩み始める

夜のチャイルドシート

夜　チャイルドシートに乗せないで
怖くて怖くて　泣き叫ぶ

ぐっすり寝ていても　すぐわかる
夜だ　チャイルドシートだ
何故だか　怖くて　泣いてしまう

ママは「ごめんね　決まりだから　我慢して」
できない　できない　泣き叫ぶ
降りるまで　泣き叫ぶ
死にそうに　怖い僕

夜だって　ママに抱っこされていたら
怖くないよ

ママ知ってる？　昔はさ
夜は　じっとしていたんだよ
動き回ると　怖くて危ないから
お空の星眺めて　楽しんだんだよ

毎日少しずつ　動いている星
あの星とこの星　結んだら
大きな三角だ

おや？　大きな鳥になった

Ⅱ　やきもち

やきもち

可愛い　赤ちゃん　生まれたんだ
おとうとだって　「おとうと」って何？
可愛いよ　とっても可愛いよ

だけど
ママが抱っこすると
嫌いだよ

ママはね　私のママ

ママの手

ママの手　たくさんあって
ながぁく伸びれば　いいのにね

おとうと　抱っこして　私を抱っこして
公園に行ける
ミルクをあげて　ご飯をつくる
いろんなことが　いっぺんにできる
ながぁく伸びれば　いいのにね
たくさんあれば　いいのにね
だけど
ママの手　二つで　長くない

Ⅲ　いたずら

前進

ころりと寝返り　スクッと首上げ
すいすい　前へ　前へ　すべる
開いたドアの前

ドアに　手をはさまれた
ウワァ　の一声
ママ　飛んできた「痛かった！」
ニコッと笑い　方向転換

金魚鉢へと　進んでいく
水の中へ　手が入る……

「ダメ！」とママの声　一声ウワッと泣いてみて
あとケロリ　ニコッと笑い
また　前へ

開いたガラス戸
あっ　消えた
地面に　落ちた
ポカン
思いついたように　ウワッ
ママ　びっくり

でもまた前進
よだれとミルクを　ちょいと出して
床を　おそうじ　すいすい進む
あれ！　動かない　赤い顔して
じっと　前みつめている

さては　やったかな

すべりだい

僕のすべりだいは　登り台
出た足　すべり　またすべり
つるつる　つるつる　登れない
めげずに　登ろう　挑戦だ

飽きずに怒らず　登ろう　登ろう
出た足　すべり　またすべり
つるつる　つるつる　登れない
僕の　挑戦　登り台

でも　どこかのおじさんに　叱られた

登っちゃだめ　すべんなさい
すべりだいだよ
僕　心の中で叫んだよ
「嫌だ　僕はつるつる台　登りたい
だれがすべるだけって決めたんだ」

水たまり

パシャーッと踏んだ　水たまり
ピシャーッと跳ねる　泥の水
頭まで　飛んだ泥の水
パシャーッ　ピシャーッ　靴が
パシャーッ　ピシャーッ　靴下が

パシャーッ　ピシャーッ　ビッショ　ビショ
パシャーッ　ピシャーッ　水たまり

こんなに楽しいことはない
パシャーッ　ピシャーッ　水たまり
パシャーッ　ピシャーッ　水たまり

泥まんじゅう

暑い日でも　寒い日でも
水遊びは　楽しいよ
砂があれば　もっと楽しい
泥のまんじゅう　いっぱいつくる
頭の毛まで　泥んこにして
はいてた　靴は　脱ぎ捨てて

泥の水に　足も手も突っ込んで
ええい　座ってしまえ
泥まんじゅうやさんだよ

火焔雪器

どかりと雪の上に座り込み
雪だるまの胴体に
雪の棒を　突き刺していく
一本　一本棒をつくり
あちこちに突き刺す　手は真っ赤
どんどん棒をつくり　どんどん突き刺す
真っ赤な手
落ちてもめげず　泣きもせず

出来上がり　火焔土器じゃないよ
火焔雪器
僕今一歳一〇カ月　縄文の子孫さ

さようなら　ボール

ボールをね　高く高く　飛ばしたの
海の向こうへ
そのまま　行ってしまったの
海の向こうの　お空に向かい

パパは怒るし　ママは泣くし　でもね
怒っちゃだめ　泣いちゃだめ
海の向こうの　お空から
ボールのパパとママが　呼んでいるの

「早く帰っていらっしゃい
そろそろ　お昼よ　ご飯だよ」

バイバイ　ボールさん
ママ！　お腹すいた
ソーセージ　食べたい

海

目の前に　海がある　（広がる海……）

寒くても靴はいていても
波を追いかけ　砂の上を走る
波に追いかけられ　砂の上を走る

走った足跡　波は消す
波は　自分の足跡　負けずに付ける
波の　足跡　いつも違う
靴も靴下も　シャツもズボンも　頭も
ビショ　ビショ
くちびるは　紫色　でも
波を追いかけ　波に追いかけられて
楽しいよ　面白いよ
空　いっぱいに　叫ぶ

海は　大きな水たまり

Ⅳ　冒険

泳ぐ

浮き輪から　落ちたスポッと
頭まで　水の中
手と足　思いっきり　動かして　動かして
動かして　動かして
浮いている　浮いている

満員電車

僕　乗せてガタゴト　ガタゴト　キューッ
満員電車

足の林に立っている僕
見えるのは　足ばかりだけれど
面白いよ　楽しいよ
僕　一人で　乗っているんだよ
パパもママも　いないんだよ

大人の足みんな　踏ん張っている
小さな子がいるから押すなって
だれか　叫んでいるよ
大丈夫　僕　小さな子じゃないよ
僕　一歳九カ月
お兄ちゃんだよ

何だか　嬉しくて楽しい
満員電車に乗っている

お化けの家

大きな古いお家
だれも住んでいないよ
玄関　あれっ　あいている
「こんにちは」
「お兄ちゃん　怖くないよね」
「うん　怖くないからね」

黙って　手をつないで
そっと　入る　兄と弟
「こんにちは　だれかいませんか」
「こんにちは　入っていいですか」
小さな声で聞きながら

大きな古いお家
だれも　住んでないのかな

「お兄ちゃん　手みて　真っ黒だ」
埃の上を　そっと　そっと　歩く
抜き足　差し足　忍び足
埃の中に　可愛い小さな足跡が
点・点・点・点
線路みたいに　並んでいる

このお部屋　なんだろうね
本が　いっぱいだよ
本屋さんかな
でも　絵本ないよ

お部屋の扉が

ガターン！
うわっ　お化けだ
変身だ　変身しよう
変身ベルトで　変〜身

したと思ったら　ママのにこにこ顔
「仲良しだね」
たまには　仲良く本読むよ
ね　お兄ちゃん

僕一番

一番だよ
一番に起きたよ

もう　明るいよ
太陽がまぶしいよ
きらきら　朝日に　おはよう

一番だよ
一番に起きたよ
もう　明るいよ
太陽がまぶしいよ
ちゅんちゅん　すずめに　おはよう

一番だよ
一番に起きたよ
もう　明るいよ
だってさ　きょうは
保育園　お休み　とてもいい日

仲間だよ

僕ね　虫大好き
保育園　お休みの日は
朝から　土の上に座り込み
眺める　葉っぱ
これ　青虫の食べた葉っぱ
青虫　いないかな
虫さん　幼虫いないかな

えぇい！
土の上に　寝ちゃお
小さな小さな虫たちと　話ができる
何しているの　何食べているの　遊びは何

ねぇ　子供大人どっち
……
虫と一緒に　土の上
いつしか顔も土の上
すやすや　すやすや　寝入っている
昔昔から　仲間だもん
地球に生きる　仲間だもん

Ⅴ　時々寂しく悲しいね

ひとりぼっちは寂しいね

ひとりぼっちは寂しいよね

一人で住んでいるの寂しいね
私　とってもわかるんだ

私も　ひとりぼっち　とっても寂しいから
私　ママがいないと　とっても寂しいから
ママがいても　寂しい時あるけどね

折った鶴　持って行って
首飾りも　持って行って
ひとりぼっちは寂しいから
全部　一緒に飾ってね

ママ　早く帰ってきて

ゲロゲロ　かえるが鳴いている

あれはね
「ママ　早く帰ってきて」って鳴いているんだよ
よくわかるもん

私も　ママがお仕事行ったら
「ママ　早く帰ってきて」って
ずーっと　ずーっと
心の中で　言っているから

飛んでいった風船

ねぇ　ママ
僕の風船　お空へ飛んでいっちゃった
どこまで　飛んでいったかな
あの　白い雲の上　飛んでいるのかな

ねぇ　ママ
飛行機に乗って　僕もお空に行ったら
どこかで　きっと会えるよね
あの　白い雲の向こうで　風船に

ねぇ　ママ
僕の風船　お空で割れてしまうかな
パチンと割れてしまうかな
パチンと割れ　落ちてくるかな

僕の風船　戻ってきてよ
この手の中に　戻ってきてよ
風船さん　帰ってきて

肩の力　抜いてみませんか

カメラ

カメラって　面白い
時間を止める
笑った人　泣いている人　怒っている人
カメラは　そのまま止めてしまう
ずーっと笑っている　泣いている　怒っている

時間を止める
カメラってすごい

パシャッて　シャッターを押すと

飛行機は　飛んだまま
動いていたコンテナも　そのまま止まる
コップのジュースだって
増えもしなけりゃ　減りもしない

この止まった先は　みんなの想像の世界

時間を止めて
じっと見つめていると
いろんなものが　見えてくる
見えていて　見ていないものも
そこに無いものまで　見えてくる

スピード

四〇分間の徐行運転　霧の中
いらいら感が　出てくる
肩こるし　いかんいかん　血圧上がる
なんて

霧を抜けると
猛スピード　四〇分
快適快適　もっと走れ

同じ四〇分なのに
ヒトって　勝手なもの

情報社会の四〇分は

長いのか　短いのか
四〇分は　四〇分なのだけれど

視点

右肩にカバンをかけるのが得手

左肩にかけてみた
何となく
歩きにくいけれど　気分が変わる
背すじも　伸びる

同じ道歩いているのに
何となく
景色も　違って見える

後ろ向きに　歩くように

働く脳　筋肉　等々
ちょっと変えると　少し変わる

やりにくいなんて　言わないで
少し変化させて　やってみよう
自分を変えるのは　自分だから

蛍光灯のシャンデリア

高い大きなビルの窓

その一部屋　一部屋　天井に
規則正しく　ひかる蛍光灯

遠くから　見てごらん
ひかりと　ひかりが　映しあって
シャンデリアになって　輝いている

走る列車の窓から　飛び込んでくる
シャンデリア　次々と
飛び込んできて　去っていく

夜のビル群　働く人
美しいひかりの下で　頑張っているんだな
蛍光灯のつくる　シャンデリア
気付いていないだろうけれど
疲れたら　上を向いてみて

白神山地

数千年の昔から
冬は　真っ白な　銀世界
夏は　ま緑　ブナの森
深く深く水を含み
大地を　育てる　白神の山

高い山を裂いて
勇壮に　流れ落ちる
白神の滝
木々のざわめき　鳥の声も消す
ブナの森は　ささやいている

流れる小川　小さな葉っぱ　小さな草
いろんな色の土がある
いらないものは　何もない
みんな大切　地球の宝物

ブナの森　歩く人
滝　眺める人
みんな小さく　可愛くて
「太っている　痩せている」
「のっぽ　ちび」
なんて　わからない
みんな大切　地球の宝物

松から桜へラブレター

スマートな　雪吊り衣裳の　松の木たちの
後ろでひっそり　赤い葉散らす　桜の木

春　松の木を　覆い隠して咲いた花
夏　松の緑　覆い隠した桜の葉
秋　寒そうに　葉を散らす
冬　だまって　そっと立つ　桜

松の木は　桜にそっと　話しかける
また春に　美しい花　咲かせておくれ
私は　あの花　大好きさ

咲いている時も

散る時も
緑の葉っぱも　大好きさ
冬の間は　ちょっとお休みよ

白い葉うらが　そよぐとき

いつも　裏側に　佇んで
いつも　裏側に　隠れている
白い　葉うら

優しい風に　勇気づけられて
ちらりちらりと　顔をだす
緑の葉の中　恥ずかしそうに　白い葉うら
ちらりちらりと　顔をだす
なんだか　ほっとする　美しさ

強い雨風　吹き荒れる時
雨に風に　身を任せ
緑の葉の中　雨に濡れている　白い葉うら
ひらりひらりと　風に舞う
なんだか　ほっとする　可愛らしさ

いつも　裏側に　佇んで
いつも　裏側に　隠れている
白い　葉うら

白い葉うらが　そよぐとき
心が静かに　そよぐとき

人は生きる　出会いと別れくり返し

待つ

それは　眠れる森の美女の王子様
それは　白雪姫の王子様
宝くじの　大当たり
何だか違う気がするけれど
何だかいつも待っていた
いつも何かを　待っていた

いつも何かを　待っていた
いっぱい　夢を追いかけて
何かが　来るようで待っていた

自分がやらなきゃ
何も　来ないし　変わらない
わかっているけれど　待っていた

大きくなっても　待っている
何か　いいことありそうで
いつも　わくわく待っている
自分が　やらなきゃ
何も　来ないし　変わらない
わかっているけれど　待っている

年を経ると
今日　待つ
何かいいことありますように

希望

明日を信じて　歩いてきた
今日を意識することもなく
　日々の中を歩いてきた
明日が無いかも知れないなんて　考えもせず
　いつまでもいつまでも　続くかのように
希望と夢を追いかけて

希望と夢を追いかけて
明日が無いかも知れないなんて　考えもせず
いつまでもいつまでも　続くかのように
　日々の中を歩いてきた
一人倒れたら　次が出てくるのは　ゲームの世界
自分に分身なんて　いないことも意識せず

いつしか　年を経たけれど
やっぱり　このまま歩いていく
明日は　もう無くても
一瞬一瞬　希望を追いかけて　歩こ

あした天気になぁれ

うしろになったり　斜めになったり
夕日がつくる　黒い影
夕日がつくる　長い影

夕日に染まる　高い空
「あした　天気に　なぁれ」
みんなで　下駄を　放りあげた

学校帰り
道はでこぼこ　夕日が映える水たまり
横を向いたら曇りだよ
上を向いたら　明日は晴れる
ひっくり返って　落ちたなら
冷たい秋の雨が降る

夕焼け見ながら　思い出す
ありきたりの　たわいのない
小さな望み　託した叫び
「あした　天気に　なぁれ」
「あした　いいこと　やってーこい」

下駄をはいて通った道は
水たまりばかりの

でこぼこの道

凧

あっ　手から離れた　凧の糸
風にくるくる　舞いながら
落ちたところは　大きな高い木の天辺

ちょこんと　とまったやっこ凧
木の葉の散った　木の天辺で
ひとりゆらゆら　揺れている

少年の泣き顔　見おろしながら
大丈夫　寒くないよと　揺れている

少年は　北風の中　雪の中
毎日　毎日　会いに行く
「凧さん　降りてきて」

ある朝凧は　消えていた
遠いところへ　飛んでいった
少年の心に　悲しみ残したままで

だんらん

お正月　お盆　家庭で遊べる日
楽しい　楽しい　時間がいっぱい
でも　フーッとよぎる
いつまで続くの　この時間
あと何回あるのかな　こんな年

ここにいる人
いつかは　離れていくんだよ

トランプ　かるた　花札と
勝った　負けたと　おおはしゃぎ
いつまで続くの　この時間
あと何回あるのかな　こんな年
ここにいる人
いつかは　離れていくんだよ

楽しそうに　笑っている
ちち　はは　あに　おとうと　あね　いもうと
ここにいる人
いつかは　離れていくんだよ
こころに涙が　あふれてくる

どうして
楽しい時に　寂しく悲しくなってしまうの
二度と来ないあのだんらんは　私の大事な宝物
たまにしか　思い出さないけれど
心の底にある　宝物

私も　いつかはいなくなる

あこがれ

八月十四日
夜明けとともに　墓参り
ゆかたも下駄も新しい

従姉たちの　ゆかた姿
きりりとして　美しい
今年のゆかたは　どんな柄
とっても　とっても　楽しみでした
自分の新しい　ゆかたや帯や下駄よりも

その凜とした後ろを　追いかけて
お墓に　向かいます
行き交う人　「おまいんな」とご挨拶
下を向いて　頭を下げるだけの私

男の人は　みんな袴をはいています
父の袴姿　凜々しくて　手をひかれると鼻高々

暑い昼
六斎念仏　やってくる

太鼓をたたく従兄
まだまだ　袴はあたりませんが
格好よくて　あこがれた

涼しい風吹く　山の夜
従姉にまじって　御念仏
鉦たたきしたかったけれど　お呼びじゃない
「あわてないでいいよ」「やけど　気をつけて」
と注意されながら　線香の灯りつけ

終われば　西瓜　トウモロコシに　枝豆です

毎年くり返された　お盆の行事
いつしか　人が減っていく
遠い昔の　懐かしい想い出

水車

小屋の横に　水車が回り
透き通った　水が流れて　はねていた

暑い夏の学校帰り　冷たい水に　手をのばし
水をはじいて　遊んでいた

寒い冬の学校帰り　冷たい水に　手をのばし
真っ赤な手になり　遊んでいた

いつの日からか　水車は回らなくなり
水が　流れなくなり
やがて
水車が　水の流れが　消え

小屋が姿を　消してしまった
小屋も　水車も　流れる水も
遠い日の　まぼろしか

廃校

松林の中に　校歌碑だけが建っている
松も　砂も　そのままなのに

消えた校舎　目に浮かぶ

教室　音楽室　技術室
台風去った翌日は　砂が積もった講堂
窓から見えた　冬の海

灰色の波に舞う　白い雪
今　真夏の海　青く輝きそこにある
松風の音　砂の囁きに
むかし聞いた生徒のざわめき　重ねつつ
松林の中に
校歌碑　ぽつんと建っている

祭り

祭りの　笛の音　遠くから
風の中　流れてくる
久しぶりの　ふるさとの祭り

山車の後ろの　大太鼓

お化粧して　赤いたすきに　鉢巻き締めて
叩いていた　少年たちは

少々　酒が入ったか
ちょっぴり赤い顔して
羽織　袴で
笛を　吹く

久しぶりの　ふるさとの祭り
笛や太鼓に　思い出す
祭りの日の　みんなの笑顔

ピンポン王子

お元気ですか

年を重ねたピンポン王子　想像できないよ

みんなの本ノート
笑いながら　抱えてた
音楽室への　行き帰り

ピンポンうまい　昼休み
元気にスマッシュ　格好いい
恥ずかしそうに笑っている
ピンポン王子　人気者
やせっぽちの　ピンポン王子

音符を見ると　思い出す
ピンポン見ると　思い出す
恥ずかしそうな　笑い顔
やせっぽちの　長い脚

セーターの下からのぞく　白いシャツ
短いセーター引っ張って
恥ずかしそうに　シャツ隠す
やせっぽち　ピンポン王子の笑い顔

小学校の同級生
ピンポン王子様　今どこで何しているのやら

古都音ちゃん

どうしていますか　古都音ちゃん
京都へ　行った古都音ちゃん
手紙　だんだん来なくなり
結婚しますで　途絶えた便り

小さな町の　小さな中学
小さな図書室

「三年間で　全部読もうね」約束した
毎日　毎日　競争で　図書カード　埋めていた

新美南吉　小川未明　中勘助　巌谷小波
コナン・ドイルにモーリス・ルブラン……etc.

「ごんぎつね」に涙して
「シャーロック・ホームズ　怪盗ルパン」に胸躍らせて

如何していますか　古都音ちゃん
本　読んでいますか

私は　少々くたびれたけれど

相変わらず　突っ張って
まあまあ　やっています
だめだ
最近　本読んでいない
もう一度　会いたいな
中学の同級生

消しゴム　二〇〇九年九月二十六日死去　H・Sさんへ

「消しゴム貸して」
と振り返った彼
「はい」と差し出した私
「ありがとう」再び振り返った彼

「いいえ」と答えた私

三年間　交わした言葉は　それだけだった
そう　それだけなのに
消しゴムは　役目を忘れて　灯をつけた
私の心の中に　淡いオレンジ色の灯を

日々の事々に　振り回されながら
いつか　どこかで会えるかと
秘かに　そっと　夢見ていた
偶然の出会いを夢見ていた

いつの間にか　年を経た
それでもどこかで　会えるかと
秘かに　そっと　夢見ていた

後ろ姿だけでも　よかったのに
神様は　私の夢をプツンと切った

同窓会で　聞かされた
半年前に　亡くなったこと

もう　会えない人
いいえ
いまも彼は
詰襟の学生服　学生帽　坊主頭の
一八歳　高校三年生

岬の村　二〇一一年八月六日死去　Y・Nさんへ

遠い昔の　海の子の

遠い昔の　少年の
遠いふるさと　懐かしい
喜び　哀しみ　いたずらが
いっぱい詰まった　物語

そんな暮らしを　もう一度
喜び　哀しみ　いたずらが
いっぱい詰まった　あの頃の
遠いふるさと　あの日々を
夢見た人が逝きました

喜び　哀しみ　いたずらを
語れぬ人になりました

遠い昔の　海の子は
遠い昔の　少年は

小さな岬の　空に住む
青戸の底まで　見透しながら
小さな岬の　空に住む

彼は三年間
一度も言葉を交わさなかった
高校の同級生

（Y・N氏は小説『岬の村』の著者）

揺れ

阪神淡路大震災
数秒間の大きな揺れは
小さなアパートの

一九歳の　少年を押しつぶした

少年の夢も希望も　押しつぶした
家族に　友人に
怒りと無力と絶望と
救われることのない　悲しみを刻んだ

今も
心の奥深く
刻み込まれている
救われることのない悲しみ
少年の笑顔

最終章

ホモ・サピエンスへ　地球からのメッセージ

分身　月

僕地球が　衝突と合体をくり返し大きくなっている時
ある衝突時　飛び散った岩石群から月が生まれた
　少しずつ　僕から離れながら
　僕の周りを回り始めた
お互いに　引き合いながら生きている
僕の自転は　月の力で決まっている
　月は少しずつ僕から離れていく　（年間三・八㎝）
月が離れれば　自転が変わる
自転が変われば　地球の環境は変化する
生命体には　生存の危機

ホモ・サピエンス！

「月を　大切に！」

地上に住む　ホモ・サピエンスへ

一三七億年の昔から続いている生命体の歴史
四三億年前出現した微生物から
様々な危機に直面しながら
二〇万年前
わが子　ホモ・サピエンスは　生まれた
彼らは
僕の環境変化の中
進化した脳を駆使し　新しい行動を切り開き
今生きている
わが世の春を　謳歌している

彼らは　大したものだ
その脳は　実験・実証手段をつくりだし
宇宙を　地球の進化を解明していく
これからも　彼らは探求し続けるだろう

しかし
ホモ・サピエンスよ　忘れてはいけない
一三七億年の宇宙の営み
四六億年の太陽系・地球の営みの中
生き続ける生命体の一つにすぎないことを
その歴史は　たかだか二〇万年にすぎないことを

日本列島の　ホモ・サピエンスへ

君たちは
四万年前　氷河期　列島にやってきた
気候の大きな変動に対応しながら
いや　変動を利用して
縄文・弥生・古墳時代　そして文字を持つ時代へ
その脳を　最大限に使って
コツコツ　歩んできた

今　平成
君たちは
歩み続けている
これからも　歩み続けるだろう
忘れないでほしい

一人一人　大切な日本列島の歴史ということを
忘れないでほしい
人は　サル目ヒト科の動物で
現存種はホモ・サピエンス　ただ一種
ということを

寂しさ・はかなさ・希望

人は大宇宙の中で　生きている
宇宙の中で生きる寂しさ　はかなさを
生まれながらに　感じている
そう
人は　寂しさを　心のどこかで感じて生きている
人は　生まれた時から　そのはかなさを感じて生きている

流れる音色につつまれて

（一）『ヤマトタケル』
オラトリオ　一万人の大合唱

篠笛が　泣く
ヤマトタケルの雄々しさと
ヤマトタケルの悲しみと
ヤマトタケルの寂しさを　のせ
篠笛は　泣いた

篠笛は　泣く
ヤマトタケルの喜びと
ヤマトタケルの悲しみと
ヤマトタケルの寂しさを　のせ
篠笛は　泣いた

ヤマトタケルは昇っていく
オトタチバナの　待つ天へ
泣く　篠笛に

悲しみ　寂しさ　雄々しさのせて
ヤマトタケルは　悠々と

白い大きな　鳥は
遠い彼方に消えていく
篠笛の音に　つつまれて

（一二）『**青葉の笛**』

人間五〇年　下天の内をくらぶれば
夢　まぼろしのごとくなり

嵐が荒ぶ　須磨の海
静かに　流れる　笛の音は
敦盛奏でる　青葉の笛

敦盛の　はかなさを
悲しみを　のせ
青葉の笛の音　流れゆく

嵐が荒ぶ　須磨の海
笛の音　嵐を消し去って
静かに　海を　渡っていく

敦盛を泣き　平家をいたみ

㈢　**祇園祭**

京都祇園の宵山に

静かに響く　鉦の音
静かに流れる　笛の音は
遠い世界を　運んでくる

行き交う人々　遠くなり
みんなみんな　消していく

鉦の音に
笛の音に
つつまれて
歩く歩く　ただ歩く

寂しさも　悲しみも
喜びも　怒りさえ
鉦の音にのり
笛の音にのり

消え去っていく
響く鉦の音
流れる笛の音に
つつまれて
歩く　歩く　ただ歩く
前へ　前へ

思い出のひとしずく

二人で一　二　掛け声かけて
上ったね　暗い階段　少々酔って
少々酔って　暗い階段　上ったね
上り切ったら　さよならだった　いつも
上る前から　さよならしている　今

傘をたたく雨　降り続く

二人で一　二　歩いた新宿
似合ってた　大きな長い　紺のオーバー
大きな長い　紺のオーバー　似合ってた
歩き終われば　さよならだった　いつも
　歩く前から　さよならしている　今
傘にひらり雪　舞い降りる

鳴らない携帯　握りしめながら
ぬくもりと　強い歩きは　思い出の中
思い出すのは　強い歩きと　ぬくもりと
別れがあること　わかっていたが　いつも
　思い出の中　さよならはないよ　今
傘を濡らす雨　ひとしずく

ひとしずくの　思い出
ひとしずくの　涙

大屋根と少年

昔　昔　ある少年は
嬉しかったとき　悔しかったとき
悲しいとき　寂しいとき
大屋根と
星を眺めて　話をした

「あのね　大きくなったらね」
希望と夢を
大屋根に
星を眺めて　話をした

ある日　大屋根に
大きな高い波　押し寄せる
負けるものか
大屋根は　踏ん張った

押し寄せる　水の壁　少年が浮かぶ
「負けるな　負けるな　負けないで」
叫んでいる

負けなかったさ　流されなかったさ
昔　昔　のように
星を眺めて　話がしたい
ただ　それだけさ　それだけで頑張った

星空の下　静かに波打つ海を

時にはあれ荒ぶ　海を
少年は
夢と希望を乗せて　走っている
懸命に
それは
大屋根の希望と夢

希望　凧にのせて

あれは　思い出　少年の
心はずむ　ひと時

大きな　ぶんぶん四角凧
抱えて登る　大屋根の上
少年の世界　大屋根の上

瓦を踏みしめ　走る走る
凧は　ぶんぶん声上げて
空へ　揚がる
一生懸命付けた
三本の　長い長い脚　なびかせて

息　弾ませる　少年の
手に伝わるのは　凧の声
長い脚ありがとう　泳ぎ易いよありがとう

ぶんぶん声は　彼方に消えて
凧は　泳ぐ　大空を
冬の青空　北風の中を

息　弾ませて　見上げる少年の

凧と脚に　託した希望
大空に　舞う
冬の青空　北風の中を舞う
手元の糸伝い

大屋根も　思い出す
少年の脚の強い力　弾む息
凧を揚げる　少年の笑顔を
冬の青い空　北風の中
思い出す　凧と希望を　揚げていた少年を

今も舞う
少年の希望　大空に
冬の青空　北風の中を

マイナス六度

マイナス六度の　その朝は
少年の心　おどらせる
凍った池が　待っている
少年のすべり　待っている

マイナス六度の　その朝は
凍った池に　はずむ声
心はずませ　少年は
すべる　池の面　ひたすらに

マイナス六度の　その朝は
凍った池は　知っていた
ひたすらすべる　その心

少年の心　その夢を

「ちいさな水たまり」あとがき

作詞家　西村達郎

この本はだれがなんと言おうと詩集である。

しかしその詩作品が出てくるのは本の中盤からだ。

前半で綴られるのはなんと宇宙の成り立ち、地球の誕生、さらに生命体、ホモ・サピエンスの登場、やがて日本列島の出現と日本の歴史へと続く壮大な物語。まさしく天文学的な時間を専門性の高い科学的な知識でたどってみせるのだ。

目次を見ると科学者が書いた本だと思えるほどだが、読み出すとすぐに、この作者があきらかに文学的な世界観を持っていることに気づく。だからといって誤解しないで欲しいが、この本の前半の内容は超がつくほど濃厚な科学分野の話なのだ。科学的な世界と程遠い私にしてみると読みこなすことが難しいはずなのだ。しかし面白く読めてしまう。内容まで理解できてしまう。ちょっと驚きだった。読みやすいわけは、その内容を伝える文章が科学者のものではなく文学者のそれだったからなのだ。作者は科学者であり文学者である。

この本は詩集なのに、作者はなぜ大宇宙の話から始めたのだろう。

私はこう読み解いた。

それは作者が自らの存在を圧倒的な科学的根拠で「あるべき存在」として証明してみせる作業だったのだ。すなわち作者は、本の中盤から登場する詩作品の創り手として、自らが全宇宙的に存在し、全時間的に存在する確かな存在であると証明し、宣言してから、その詩作品を提示したいと考えたのだろう。

ヒトは美を追究する。ヒトは感動を求める。だから詩を書くのだと作者は言っているのだ。

後半の詩作品はまず生まれたばかりの赤ちゃんが詩われる。そして人間の成長にそって作品が並べられている。やがて最終章で寂しさと希望が詩われて終わる。

そこには宇宙の誕生から現在までの長い長い物語と相似形を成している一人の人間の愛おしい時間が描かれていた。詩作品についてはくどくど解説するのは馴染まない。それぞれがそれぞれの感性で味わってもらえばいい。

本のタイトルの「ちいさな水たまり」については、この本の中で「ちいさな水たまりが集まって海ができた」という記述と出合う。天地創造レベルの表現が面白い。

私のちいさな水たまりは、こんな物語。

子どもの頃、しゃがんでちいさな水たまりをいつまでも見ていた。

泥の色をした水たまりの中に子ども心にも少し切ない思い出の場面が見えていた。その心の様を言葉にしたくても思いつかなかった。だから無言のまま水たまりを見続けた。すると急に目の前が明るくなった。青空だった。広い広い青空だった。こんなにちいさな水たまりにあんなに広がる空が映っていた。

そして私は立ちあがって空を見上げた。くちびるから「あゝ」という声が漏れた。

二〇一七年十月二日

参考資料

竹内　薫『図解入門　よくわかる最新宇宙論の基本と仕組み　宇宙一三七億年を旅する第2版』（秀和システム　二〇一一年）
ニュートン『大宇宙―前編―宇宙はどれほど広いのか』（KKニュートンプレス　二〇一一年八月号）
ニュートン『大宇宙―後編―一三七億年　宇宙誕生の0秒後から10100年後の未来まで』（KKニュートンプレス　二〇一一年九月号）
ニュートン『大宇宙　キーワードBOOK』（KKニュートンプレス　二〇一一年九月号付録）
NHKスペシャル『地球大進化　第1集から第6集』（DVD　NHKエンタープライズ21）
松木武彦『全集日本の歴史　第一巻　列島創世記』（小学館　二〇〇七年）
森浩一『森浩一が語る日本の古代』（ユーキャン　二〇一三年）

著者プロフィール
藤田 恭子（ふじた きょうこ）

1947年、福井県生まれ。
1971年、金沢大学医学部卒業。
勤務医。
石川県金沢市在住。

著書
詩集『見果てぬ夢』（2011年、文芸社）
詩集『宇宙の中のヒト』（2015年、文芸社）
『斜め読み古事記』（2016年、文芸社）

さわ　きょうこ著として
詩集『大きなあたたかな手』（2006年、新風舎、2008年、文芸社）
詩集『ふうわり　ふわり　ぼたんゆき』（2007年、新風舎、2008年、文芸社）
詩集『白い葉うらがそよぐとき』（2008年、文芸社）
詩集『ある少年の詩』（2009年、文芸社）
詩集『ちいさなちいさな水たまり』（2012年、文芸社）

ちいさな水たまり

2018年5月15日　初版第1刷発行

著　者　藤田 恭子
発行者　瓜谷 綱延
発行所　株式会社文芸社
〒160-0022　東京都新宿区新宿1－10－1
電話　03-5369-3060（代表）
03-5369-2299（販売）

印刷所　株式会社平河工業社

ISBN978-4-286-19402-8